Jack l'Esbudellado
Erika Sanders

1

Sinopsi

Tamara no sabia i mai no sabria el que va passar després d'això.

Tot el que recordaria va ser el centelleig sobtat i encegador de la llum platejada, una sensació de cremor a la gola i el cap aixecat pels cabells.

De cop i volta, era impossible respirar.

Ella va lluitar, intentant afluixar la seva subjecció, però va descobrir que els seus braços se sentien com peses de plom i que el seu enfocament s'estava desdibuixant.

Nota sobre l'autora:

Erika Sanders és una escriptora de renom internacional, traduïda a més de vint idiomes, que signa els seus escrits més eròtics, allunyats de la seva prosa habitual, amb el seu cognom de soltera.

Índex:

JACK L'ESBUDELLADOR
ERIKA SANDERS

CAPÍTOL I

Tamara jeia en silenci sota l'home, tancant els ulls davant la vista de la cara contorsionada i lletja, però mantenint les cames el més obertes possible. No podia queixar-se; després de tot, estava net i s'havia banyat recentment, així que la seva olor no era el problema. Era els seus intestins. Mai hauria d'haver decidit portar un home gros al llit, però $400 dòlars era massa per deixar-ho passar. $400 dòlars, a pèl. El seu budell va pressionar contra el seu abdomen i li resultava gairebé impossible respirar profundament. A més d'això, el seu pèl púbic estava fregant el seu clítoris en carn viva i s'estava tornant dolorós.

Finalment, ell va accelerar, follant-la com si la seva vida depengués d'això i va copejar el seu ja adolorit forat fins que es va córrer. Ell se sacsejava cap amunt amb cada ejaculació, fent-la pensar en una balena saltant fora de l'aigua i quatre raigs humits més tard, ell va rodar fora d'ella, tots dos sense alè.

Es va eixugar la cara i la va mirar. "Vas estar bé".

"Eh, gràcies". Ella es va incorporar i li va donar uns copets al mig palpitant. "T'importa si utilitzo el teu bany?"

"Per res. Només fes-ho ràpid. La meva dona tornarà en qualsevol moment".

Tamara es va posar de peu, prement les cames amb força per evitar que el seu esperma aquós llisqués. Se les va arreglar per retenir la major part fins que va poder seure al vàter i utilitzar els seus músculs per esprémer-lo. Va utilitzar unes quantes boletes de paper higiènic per netejar el desordre, fregant-se la part interior de les cames i tractant d'assecar l'encaix a la part superior dels seus lligacs i mitges. No està malament, va pensar. Va estirar la cadena i va tornar a l'habitació de l'hotel, preguntant-se si tenia alguna dutxa a la seva habitació. Potser n'hauria d'aconseguir alguna de camí cap a casa.

"Estaràs a Essex demà?"

"No ho sé. Podria ser". Tamara va estendre la mà i li va dedicar el seu somriure més dolç quan ell va posar quatre bitllets de cent dòlars al palmell. "Vols una altra cita?"

"Sí. No trobes massa putes que ho facin sense goma".

Puta. Odiava la paraula, però descrivia què era. Ella va sospirar i va tornar a posar el somriure fals. "Bé, vine a buscar-me quan estiguis llest".

El suau espetec de la porta en tancar-se darrere seu va ser reconfortant i Tamara va caminar el més ràpid possible cap a l'ascensor. Va passar al costat d'una parella gran que li va dirigir una mirada mesquina i inconscientment va tirar de la vora alta de la seva faldilla prisada, sabent que no cobriria les mitges de canell i les lligues roses. Va arribar l'ascensor i la va treure de la seva misèria i, en qüestió de minuts, tornava al carrer, respirant l'aire fresc de la ciutat de Nova York.

Tamara havia viscut a la ciutat de Nova York durant gairebé quatre anys i s'havia prostituït durant gairebé el mateix període de temps. Una trobada casual en una terminal d'autobusos quan havia escapat l'havia connectat amb Torrance. Sempre estava buscant carn fresca i el cos de setze anys s'ajustava perfectament a les seves necessitats. Una altra noia, Julieta, li havia ensenyat a jugar el joc i en molt poc temps, Tamara estava guanyant diners, la major part del qual era reclamat per Torrance. Quan va ser assassinat a trets per un traficant de metamfetamina enutjat, ella es va girar cap a Sellers, un altre proxeneta que tenia un estable millor. Ella va guanyar més diners amb ell, però ell requeria que totes les seves noies muntessin els clients a cabells. Al principi, ella s'havia negat, donant oral gratis i usant condons al costat,

Es va dirigir cap a Essex i va decidir agafar el carreró de tornada a l'apartament de Sellers. Els peus l'estaven matant i estava enfadada perquè Julieta havia pres sense preguntar les velles sabates negres de fòllam. Maleïda guineu! Hauria de posar un millor pany a la porta. Sellers probablement se n'ocuparia.

Una ombra es va desprendre d'una porta i es va congelar al mig d'un pas.

"Bona nit." La veu era baixa i culta amb accent anglès estil David Bowie. "Aquestes lliure aquesta nit?"

"No estic lliure, però puc ser comprada".

Ell va sortir a la llum i ella va somriure, agraint a qualsevol que estigués a dalt que aquest fos alt, prim i maco.

"Quant?"

"Depèn del que vulguis".

"Vull que em xucles la polla i t'empassis el meu semen".

"Sense goma?"

"Sense goma. Quin és el cost?"

"$300". Li va fer un gest perquè el seguís i van tornar al mateix nínxol tènuement il·luminat del que ell havia sortit. Immediatament va començar a descordar-se els pantalons. "Els diners primers, professor".

Quan ell va lliurar els diners i ella els va revisar i els va guardar a la seva cartera, es va agenollar a terra brut, esperant mentre ell s'obria els pantalons. La seva polla va sortir, gruixuda i dura i ella va fer un so d'agraïment quan la va assolir.

"Bonica polla. Segur que no vols follar?"

"Si n'estic segur."

Tamara no sabia i mai no sabria el que va passar després d'això. Tot el que recordaria va ser el centelleig sobtat i encegador de la llum platejada, una sensació de cremor a la gola i el cap aixecat pels cabells. El seu penis va desaparèixer de la vista i de cop, era impossible respirar. Ella va lluitar, intentant afluixar la seva subjecció, però va descobrir que els seus braços se sentien com peses de plom i que el seu enfocament s'estava desdibuixant.

Ell només va somriure i usant el seu cabell, va aixecar el seu cap fins que el seu penis va fregar l'àmplia incisió que havia fet al seu coll. La seva sang calenta i regalima va cobrir el seu membre, fent l'entrada relliscosa i vellutada. Perfecte. Simplement perfecte. Va empènyer una vegada i una altra, el seu cos tremolava mentre ella gorgotejava i forcejava i ell disparava la seva càrrega, just quan ella prenia el seu últim alè.

Perfecte. Ell la va llançar de banda com les escombraries que era i es va pujar la cremallera dels pantalons, gaudint de la sensació de la seva sang viscosa degotant a través del seu pèl púbic i assecant-se als seus testicles. Simplement perfecte.

CAPÍTOL II

La cap de detectius Clarice Burton va aparcar el cotxe sense identificació a la vora de la cinta groga de la policia i va treure la placa, ficant-la a la butxaca de la jaqueta. L'oficial de registre va prendre nota del seu estatus oficial i la va deixar passar, observant com el seu rodó del darrere es balancejava mentre es dirigia al grup d'homes de vestit fosc, la majoria dels quals miraven cap a una altra banda quan ella s'acostava. Era el 2004 i el món unit dels millors detectius de la ciutat de Nova York encara condemnava a l'ostracisme les dones. Se la considerava un ésser inferior, encara que tenia la taxa de resolució més alta del districte.

Tot i així, Clarice Burton no havia sobreviscut a prop de la mort a mans d'un espòs abusiu per permetre que uns quants homes amb penis petits la donessin de banda. El seu company, Tony Acosta, va assentir amb respecte, ficant les mans a les butxaques i mirant molest.

"Hola nois." Mario Andreotti i John Stevens van murmurar salutacions, observant com ella travessava el seu cercle i es dirigia cap al cos cobert pel llençol. Va retirar el cobertor i va examinar la jove, notant el tall profund al seu coll i la quantitat de sang que envoltava el seu cos inanimat. "Llavors, què tenim aquí?"

Els homes van intercanviar mirades i Acosta va abandonar el cercle, agenollant-se a la gatzoneta al costat d'ella mentre extreia la seva llibreta. "Es diu Tamara Williams, té 20 anys. És una prostituta que surt del lloc de Jamie Sellers. La va trobar Patrick Miller, l'escombriaire que hi era".

"Algun testimoni?"

"Ningú."

"A ella li falta alguna cosa?"

"No és que puguem determinar-ho. La seva cartera és allà. Tenia $700 en efectiu, llima d'ungles, targeta telefònica i una ampolla d'esmalt d'ungles transparent".

"Sense condons?"

"No."

"Assegureu-vos de fer una nota per dir-li al forense que busqui malalties com el VIH/SIDA. Es veu força saludable, però si està fent feines sense protecció, mai se sap".

"Correcte. Hi ha alguna cosa més que potser vulguis veure". Acosta es va posar un guant, va voltejar el llençol cap enrere i va fer servir la punta d'un vell bolígraf per obrir el tall profund a la gola de la dona morta. "Veus això?"

Burton es va inclinar cap endavant, concentrant-se en una barreja blanca espessa que flotava sobre la sang coagulada com l'embalum blanc que normalment es troba a la clara d'un ou. "Què és això?"

"És esperma".

"Què? Com ho saps?"

"No n'estic segur, però això és el que penso". Va moure la vora del bolígraf cap avall, mostrant a Burton una línia blanca brillant a l'interior de la pell. "Crec que li va tallar la gola i li va agafar la ferida mentre ella estava morint".

"Poll!" Es va posar dret, flexionant els músculs adolorits de les cames mentre contemplava les seves paraules. "Sona com un super fotut pervertit".

"He d'estar d'acord amb tu, Clarence. Bé, què segueix?"

"Obtingues el que puguis de l'home de les escombraries i supervisa'n la recollida. Digues-li al forense que vull saber quina substància hi ha a la gola immediatament i si és semen, que l'envïi per confrontar-ho. Potser tinguem sort i trobem algú a la base de dades".

"Està bé. Què faràs?"

"Parlar amb Jamie Sellers. Potser esbrinarà qui va ser el seu últim client.

"No crec que això fos un client, Clarence. Crec que qualsevol que fos el tipus, era independent".

"Hauria d'estar d'acord amb tu, però no està de més intentar-ho".

Burton va deixar la seva parella amb els amics del departament i va mirar amb recel les persones reunides per veure el cadàver. Era ben sabut que de vegades l'autor tornava al lloc del crim per reviure'l o per delectar-se amb la ineptitud de la policia. L'escombriaire no semblava desconcertat per haver descobert un cadàver i estava feliçment fumant sense parar, parlant per un telèfon cel·lular. L'única persona que va cridar la seva atenció va ser un sacerdot, dret a la vora de la multitud, movent els llavis mentre resava en silenci mirant el cos.

"M'alegro que algú li estigui donant una benedicció". Va murmurar per a si mateixa mentre es dirigia de tornada a la seva interlocutòria. "Tots necessitem això".

Propera parada: La Central.

* * *

Va treure una cervesa de la nevera i es va asseure a la butaca favorita, reclinant la butaca reclinable cap enrere mentre accionava el comandament a distància. La televisió es va encendre i un comercial d'una botiga de mobles va acabar de reproduir-se just abans que comencés l'Evening News.

"La nostra història principal, una dona va ser trobada gairebé decapitada en un atzucac al Lower East Side". Va dir la presentadora. "Anem en directe amb el nostre reporter a l'escena". En aquest punt, es va inclinar cap endavant, el seu interès es va despertar. Mentre el reporter descrivia el crim, examinava les cares de les persones a l'escena. Estimava les expressions temoroses i de vegades buides a les cares dels espectadors. La seva polla es va endurir als seus pantalons i es va descordar els pantalons del seu pijama, donant-li una carícia llarga i dura.

"La detectiu en cap cas, la detectiu Clarice Burton, va dir això sobre l'assassinat". Va examinar la pechugona oficial de policia i la seva polla es va posar encara més dura. Quina bonica era! Tot aquest cabell vermell daurat, ulls blaus, enormes pits... Déu, com li encantaria empènyer la polla entre aquestes belleses i llançar la seva càrrega sobre la barbeta. Es va donar un altre cop fort, esforçant-se per l'esforç. Ella va continuar parlant sobre alguns dels detalls del crim i l'atenció d'ell es va centrar a la boca, ampla i deliciosa, amb les puntes del rosa clar que els agradava a les joves. Era més que capaç de xuclar-li la polla. Ell va gemegar, fregant més fort ara, usant la màgia del gravador de vídeo per tornar a repetir l'entrevista per poder veure la seva boca moure's una vegada i una altra.

Un formigueig a la base de la seva columna va assenyalar el seu alliberament i es va córrer, el seu semen saltant a l'aire, raig rere raig aterrant al vellut raspallat de la cadira i la pila de color canyella de la catifa a sota. Jadeando, va tornar a activar el control remot i es va quedar inert, recuperant-se mentre observava la resta de l'entrevista. Es va sorprendre en veure el sacerdot entrevistat a continuació, escoltant les seves paraules benèvoles parlar de la preciositat de la vida i la promesa de resar per la jove.

A la merda Déu! Es va enfurismar, amagant-se i bevent la seva cervesa. Aquesta puta no mereixia viure, no mereixia respirar dolçament. Si el capellà volgués tenir putes per resar, aconseguiria el seu desig. Definitivament aconseguiria el seu desig.

CAPÍTOL III

Parlar amb Jamie Sellers havia estat inútil. Burton ja sabia que probablement no n'obtindria res, però estava enfadada perquè el proxeneta no lliuraria a l'últim client de Tamara per interrogar-lo. No va mostrar cap preocupació real pel benestar de les altres dones que treballaven per a ell, només volia saber on la van matar per poder mantenir les altres noies fora de l'àrea per por de ser arrestades.

Per a ell, Tamara era un borró i conta nova que havia estat esborrat i només demanava que li donessin els diners de la seva cartera. Per descomptat, Burton es va negar, dient que els diners serien entregats a la seva família, si era possible i si no es trobava cap familiar, l'Associació Benèfica d'Oficials de Policia els rebria. Per descomptat, Sellers no estava content. Va tancar la porta de cop darrere de Burton, murmurant de baix sobre els 'maleïts porcs que no necessiten més diners per a les donas'.

Com que s'estava fent tard, va decidir agafar l'arxiu i dirigir-se a casa, traient-se les sabates i baixant les escales a la seva oficina. Un gran panell de suro ocupava la major part de l'espai a la petita habitació i va encendre els llums, mirant el contingut del panell. Instantànies, 8 X 10 i altres cosetes cobrien gairebé cada centímetre de la superfície, totes representacions visuals de dones joves que havien estat brutalment assassinades al seu districte des que es va convertir en oficial de policia. Burton va obrir la carpeta manila que tenia a la mà i va treure la foto de Tamara, clavant-la en un espai buit.

Els seus ulls es van dirigir a un 4 X 8 d'una bella noia amb cabell ros i ulls blaus centellejants. Aquesta bellesa angelical havia estat apagada pel mateix tipus de mà que havia matat aquesta noia avui: un home enutjat que la veia com una eina sexual i no com un ésser humà. Tim estava fumant una cigarreta, veient la televisió quan Clarice va trobar el cos d'Angie al seu petit llit. Mai oblidaria la vista de la sang que corria per l'interior de les cames i la innocència pura als ulls cecs.

Tim Burton era a la presó ara, complint dues condemnes consecutives de vint anys per l'abús d'Angie i la seva posterior mort, mentre que Clarice complia cadena perpètua a la presó de culpa, el cor de la seva mare ple de culpa pel fracàs. Va empassar saliva contra el nus que tenia a la gola i va aixecar una mà tremolosa per tocar les vores esfilagarsades de la foto. Mai tocaria la part acolorida de la foto; aquesta petita foto i un osset de peluix van ser tot el que va quedar de la seva filla.

Burton va apartar la mà d'una estrebada i va tornar els ulls cap a Tamara. Ella era filla d'algú. En algun lloc, havia tingut un llit suau i segur per dormir. En algun lloc, havia celebrat Nadal i Pasqua amb persones que s'hi preocupaven. No tenia la mirada dura d'una prostituta que mai no havia vist atenció i preocupació. En algun lloc havia experimentat l'amor en algun moment.

"Per què no ara? A qui vas conèixer i no et vas mostrar amor? Qui va ser el que et va deixar morir a la teva pròpia sang? Digues-me, Tamara. Digues-me qui va ser".

* * *

"No vull anar, Sellers, i no em pots obligar!" Julieta va cridar, fent la volta per allunyar-se. Estava esgotada de fer feines tot el dia, li feien mal els peus i no volia anar a fer aquesta feina d'última hora que l'esperava a la cantonada. La imatge dels ulls apagats com la mort de Tamara i el seu cos retorçat estava massa fresca a la seva ment.

L'adherència de Sellers com un cargol de banc al seu bíceps va tallar la sang del seu braç i ell va sessegar, les seves dents alineades brillant a la llum. "Puc obligar-te a fer el que jo vulgui". Ell la va envoltar, acostant-se tant que ella va tremolar, malgrat la fanfarroneria que va intentar expressar. "Necessites que t'ho recordin?"

"No." Julieta es va odiar a si mateixa quan va escopir la paraula ràpidament, fent-li saber que la seva intimidació estava funcionant. "Però vull que m'hi acompanyis".

"¡No et veuré follar amb algun noi blanc! Ara posa't en marxa". Ell li va fer una petita empenta cap a l'home que esperava. "I aconsegueix els diners primer!"

Julieta es va sacsejar els cabells ondulats, es va allisar el vestit i va caminar cap a l'home, tractant de lluir sexy sense pensar en com li feien mal els peus. "Hola."

"Hola." La seva veu era suau, gairebé entretallada i va apartar la mirada amb timidesa. "Ets molt bonica."

"Gràcies. T'agraden les dones llatines?"

"Les estimo." Un altre cop entretallat, però amb un toc de... un accent?

"Així que vols una cita?"

"Sí. Vull cardar-te els pits".

"Com aquestes, eh?" Julieta va mirar al seu voltant per assegurar-se que ningú més estava mirant i li va fer una encaixada sensual a un dels seus pits. "Són reals. En vols tocar una?"

Va estendre la mà temptativament i va buidar un globus, sospesant el seu dolç pes i després prement-lo. "Oh, merda."

"Doble D". Julieta orgullosament el va informar. "300 dòlars i són teves".

"Empassas?"

"Afegiu altres $ 200 i beuré tot el que tingui per donar".

"Fet."

Rient, el va portar a un lloc darrere del contenidor d'escombraries i li va allargar la mà, somrient quan ell va col·locar bitllets de cinc-cents dòlars a la mà. "Gràcies." Amb aquesta part de l'assumpte fora del camí, es va baixar la part de dalt, deixant que fregués la cara contra ells abans de caure de genolls, esperant sense alè per veure la seva polla. Es va descordar els pantalons i va treure el seu penis, colpejant-lo contra les seves galtes abans de lliscar-lo entre els pits. Julieta va mantenir juntes els seus pits, inclinant el cap cap avall i xuclant el cap amb la boca a cada envestida.

Ell va gemegar, agafant les seves espatlles per estabilitzar-se i bomBlanchdo més ràpid. Passava aviat, ho sentia. Aquest pessigolleig familiar. Ell va sesejar quan el seu penis va esclatar, empenyent-ho a la boca i empenyent-ho tan endins com va poder. Ella es va ennuegar al principi, després va empassar, agafant els malucs per evitar arcades per segona vegada. Quan finalment va deixar de córrer, ella es va treure la polla de la boca i es va posar la camisa al seu lloc.

"Fins després."

Julieta no va veure el braç d'ell al voltant de la gola, però va sentir el cruixit de la seva tràquea quan va donar pas per força dels seus músculs i ossos. I molt aviat, no va sentir res més.

CAPÍTOL IV

Jim Blanch va arribar de l'escola a la mateixa hora que sempre. La seva mare ho va notar quan li va donar la benvinguda i va escoltar els seus passos pesats mentre pujava corrent les escales. Ella va somriure. Jim era un bon noi; un regal del cel després del divorci contenciós que havia hagut de suportar. Es graduaria aquest any, era un estudiant excel·lent i li encantava jugar a bàsquet amb els seus amics. El millor de tot és que netejava la seva habitació sense preguntar i l'ajudava quan ho necessitava.

De fet, necessitava demanar-li que li fes un favor. El seu veí, el Sr. Greenwell, necessitava que li portessin un bagul del seu àtic i Lorna havia ofert a Jim com a voluntari per a la feina. Es va netejar les mans al davantal, va donar la volta al seu rigatoni de pollastre i va anar al peu de les escales.

"Jim! Pots venir aquí, si us plau?"

Lorna va esperar però no en va rebre la resposta normal. Potser tenia la porta tancada o estava escoltant música. Des que li havia comprat aquest reproductor de MP3, de vegades havia de pujar les escales fins a la seva habitació per cridar la seva atenció. Ella va sospirar, pujant les escales. Ho hauria de fer de nou i el seu galindó es queixava.

"Maleïda sigui! Jim!"

Va pujar les escales, recolzant-se al peu lesionat i es va recolzar al replà, fent una ganyota de dolor. Ella va escoltar música. Coneixia bé la banda; últimament, havia estat obsessionat amb Franz Ferdinand i posava el seu nou àlbum una vegada i una altra. Sota el ritme dels tambors i el grinyol de les guitarres, va sentir una mica més. Una mica sense ritme; una cosa que no coincidia amb la música. Sonava com... ressorts de llit cruixent.

"Jim?" Ella no va cridar tan fort ara. Jim tenia divuit anys i estava en camí de convertir-se en un home i ella sabia que ell es masturbava ocasionalment a la dutxa. No volia molestar-ho si aquest era el cas, però el sentit especial de la seva mare li va dir que alguna cosa no estava bé. "Jim, necessito que em facis un favor".

Es va acostar més i més, la música creixent en volum i els sons augmentant en velocitat i to. La seva mà tremolosa va aconseguir el pom de la porta i el va agafar, fent-li un gir fàcil. "Jim?"

La vista que es va trobar amb els seus ulls va ser una que Lorna Blanch mai no oblidaria. L'habitació del seu fill era al seu estat habitual de desordre. Posters de Jennifer Garner i Jessica Alba estaven enganxats a les parets juntament amb dones animi semidespullades. I el seu fill era al llit, nu. Les seves fortes cames estaven a escapolides sobre alguna cosa, els malucs es flexionaven i els músculs de la seva esquena s'ondulaven. Lorna va fer un petit pas cap a un costat, amb els ulls molt oberts. Sota el cos del seu fill hi havia un parell de pits perfectes i ell els sostenia junts mentre empenyia la polla entre ells.

Lorna Blanch va cridar.

* * *

"Parles de debò?"

Burton i Acosta van empènyer les portes de la comissaria per obrir-les, van sortir i van baixar saltant les escales mentre es dirigien a la interlocutòria.

"Tant de bo no ho fos. Va trucar fa cinc minuts i va dir que el seu fill s'estava follant un parell de pits i que vingués a buscar-les".

Estem segurs que pertanyen a Julieta Friars?

"No, però realment no puc pensar en ningú més a qui faltin un parell de pits, i tu?"

No hi va haver més conversa fins que van arribar a la casa de pedra vermellosa, tocant per entrar-hi. Lorna Blanch estava entre la ira i el disgust i el seu fill òbviament portava la pitjor part de tots dos.

"Senyora Blanch? Sóc la Detectiu Burton. Aquest és el Detectiu Acosta".

La dona els va estrènyer la mà enèrgicament, la seva mirada enutjada va tornar al jove que estava intentant fer-se més petit a la cadira. "Li vaig ensenyar una mica millor que això. Està educat millor que per portar aquesta cosa bruta a la casa".

Acosta va aventurar una pregunta, cautelós d'augmentar encara més la seva ira. "Senyora Blanch, està segura que són... reals?"

"Oh, són reals, està bé". Ella va deixar anar enutjada, després es va girar per cridar al seu fill. "Veu a ensenyar-les, Jim.

El noi no va parlar. Els va conduir escales amunt fins al dormitori i va assenyalar el seu llit. Un conjunt perfecte de pits descansava a prop del coixí, acuradament tallats i retallats per poder transportar-los, un mugró perforat amb una barra que tenia una abella penjant. Burton va treure un parell de guants de la butxaca i va examinar acuradament la carn.

"Són d'ella.

"Com ho pots saber?"

Burton va aixecar el pit esquerre i li va mostrar les lletres tatuades. Tiny B.

"Era el nom del carrer". Es va treure els guants amb un espetec i es va tornar cap al jove. "On les vas trobar?"

"A les escombraries". tartamudejar. "De camí cap a casa des de l'escola".

Burton es va aturar a pensar i va acostar Acosta al seu costat. "Serà millor que treballem ràpid. Tinc por del que farà a continuació".

CAPÍTOL V

Burton i Acosta van registrar el contenidor d'escombraries on Jim Blanch havia dit que va trobar els pits, però no van poder trobar cap altra prova. Els pits sí que pertanyien a Julieta; van encaixar perfectament al seu lloc quan el metge forense les va col·locar a l'orifici acuradament tallat al seu tors. Acosta gairebé va regurgitar el seu escalopí de vedella en sortir per la porta. El Dr. Arbitag va riure tan fort que el pegot de Vicks sota el seu nas va amenaçar de sortir disparat per l'habitació.

"Aquest hauria de ser als Jocs Olímpics. Probablement li va treure uns segons al temps d'Usain Bolt".

"Arby, ets un veritable bastard, ho sabies?" Clarice va riure, ajudant-lo a posar la part del cos a la seva bossa separada.

"Sí, però tu m'estimes". Va tancar la bossa i la va posar en un carretó. "Bé, Clarice, no sé què et puc dir, però no hem pogut trobar cap evidència útil per a tu".

"Què passa amb el semen?"

"El vam buscar però no vam obtenir cap resultat a la base de dades".

Burton es va treure els guants amb un espetec i va trepitjar la palanca per obrir el pot d'escombraries de deixalles mèdiques. "Realment no estava apostant per això de cap manera. Saps que en general són una possibilitat remota".

"Si algunes vegades." Arby es va rentar les mans i es va tornar cap a la detectiu. "Però no se sap mai fins que s'intenta".

"Arby, n'has vist molts casos. Sé que no ets Michael Baden, però necessito la teva experiència". Va fer una pausa, organitzant els seus pensaments. "Matarà de nou i serà aviat. Julieta va ser ahir. Tamara va ser dos dies abans. Passada la mitjanit, tindrem una altra morta a les nostres mans i l'alcalde es fotrà".

"No t'agradarà".

Burton va somriure, ràpidament tranquil·litzant-se. "Pots donar-me alguna cosa per continuar? Alguna cosa del que sentis?"

Arbitag es va netejar les mans i va començar a rentar trossos de carn i sang coagulada pel desguàs d'una taula propera. Ell la va mirar per un moment, després va deixar anar la vàlvula de la mànega, acabant el flux d'aigua. "Està boig. No només és algú intel·ligent, sinó que també té una malaltia mental. La seva elecció d'usar prostitutes com a objectius no és una idea original, però la seva elecció específica de prostitutes que no usen condons sí que ho és".

"Sense condons?"

"El canal vaginal o anal d'una dona que utilitza condó constantment és molt diferent del d'una dona que no l'usa. Les estries musculars són molt més suaus i els músculs vaginals de les dues dones van mostrar que cap no havia practicat sexe segur recentment".

"Així que eren especialistes a fer-ho a cabells".

Arbitag va assentir, activant l'aigua de nou i tirant els detrits pel desguàs. "Julieta tenia VIH".

"I Tamara?"

"Clàmidia".

"És transmissible?"

"Sí."

"Es pot tractar?"

"La clamídia es pot tractar, sí, però... bé, ja saps sobre el VIH".

"Sí." Clarice va mirar dins de la gruixuda bossa de plàstic per a cadàvers, les boniques faccions de Julieta distorsionades pel gruixut material. "Així que les dues dones estaven infectades, però a ell no li importava".

"Nop. Trobem semen a la gola de la primera noia i vaig trobar alguna cosa a la boca de Julieta quan la vaig examinar. Els paios eren els mateixos".

"Però ¿per què es prendria el temps de tallar els pits de la dona i després desfer-se'n? Vull dir, és obvi per la incisió que es va prendre el temps per fer una bona feina..."

"Potser estava esgotat. Potser els va deixar allà per a tu i Acosta, i aquest noi els va trobar per casualitat. Qui sap? En aquest punt, la seva raó per deixar-los no és el punt".

"I el punt és?"

"Per què va ser necessari per a ell tallar les dones? Podria haver-se sortit amb la seva sense fer malbé, però va sentir que havia de mutilar-les. Per què va ser això? Per què la gola i per què els pits? Per què va triar a dones que no usen preservatius?"

"Estava fent una declaració". Burton va dir suaument. "Una declaració sobre les prostitutes que no usen condons. Prostitutes de baixa qualitat, infectades i que encomanen la seva malaltia al client. Això és com Jack l'Esbudellador..."

La paraula que va xiuxiuejar Arbitag va ser encara més suau. "Bingo." Immediatament, el cervell de Burton va començar a treballar, remenant palades de terra al jardí del seu fèrtil cervell a la recerca d'informació. El metge forense va revisar una safata estèril d'instruments, assegurant-se que estiguessin preparats per a la següent entrada. "I quin tipus de persona voldria apuntar a dones així?"

Un cop més, la detectiu va reflexionar sobre la pregunta, pensant en possibles respostes. La ciutat de Nova York era un lloc densament poblat amb tota mena de persones que volien que les Jezabeles amb VIH fossin esborrades de la faç del planeta. Arbitag es va moure darrere seu, col·locant una, després una segona foto davant seu. La primera foto era una multitud presa a l'escena del crim de Tamara. Les preses de multituds eren estàndard i es requerien a totes les escenes del crim que es treballaven a la ciutat. Sabent que la majoria dels assassins eren éssers psicològics, sempre hi havia la possibilitat que la persona tornés a aparèixer a l'escena per delectar-se amb l'atenció mentre ocultava en secret la seva identitat.

Els aguts ulls de Clarice van escanejar la segona foto, una multitud feta des de l'escena del crim de Julieta i no va poder trobar una connexió. Arbitag va sentir la seva frustració i traient un retolador negre de la butxaca de la jaqueta, va fer dos cercles al paper fotogràfic i va somriure quan la detectiu es va inclinar més a prop.

"El capellà."

CAPÍTOL VI

La dona era bella. El seu cabell era d'un saborós to ros vermellós, elegantment pentinat en una còfia de rínxols al voltant del seu rostre. La seva temptadora boca estava vorejada de vermell i els seus pàl·lids pits sobresortien just sota les vores de la camisa de dormir, provocant-ho amb les seves grassonetes i pecoses bruses. Ansejava fregar el dit al llarg d'aquells becs nevats, però encara no la coneixia prou bé.

"Vols una beguda?"

Ella va moure el cap negativament i es va acostar al sofà, girant la seva bonica cara cap a la d'ell. Ell va captar la indirecta i es va inclinar, prenent la seva boca en un suau petó i ficant la seva llengua a la boca. Era tan submisa i això li encantava. Volia ser l'home, mostrar-li que podia cuiCar-la i volia que ella ho sabés. Encara besant-la, es va estirar i va deixar que la seva mà fos un dels seus pits, fregant el mugró entre els dits.

"T'agrada això, no?"

Va lliscar la corretja de la seva combinació per sobre de la seva espatlla, deixant que els seus dits acariciessin la seva suau pell. El seu pit va sobresortir, el mugró suau i rosat i ell el va llepar, prenent-se el temps per sentir les diferents textures. Va passar temps, anant i venint entre tots dos, però la seva necessitat era massa gran i no podia lluitar per més temps. Mentre els seus llavis exploraven la vall entre els seus pits, la seva mà va lliscar cap avall i es va connectar amb la seva polla dura com una roca, prement-la abans d'obrir-la i deixar-la anar.

"Dóna-li una mica de mamada, vols?"

Els seus llavis es van obrir i ell va empènyer el seu cap cap avall, gemegant profundament quan va prendre tota la seva longitud de sis polzades a la boca, deixant que colpegés la part posterior de la gola. Ella era tan bona Pensava que no podria tenir prou de la calor suau i humida de la seva boca i la seva llengua flexible. Es va fregar contra la part inferior de la seva polla, apuntant al petit manat de nervis just al sud de la carena i fent-lo tremolar.

"Sí, nadó. Només així. Pren-ho. Pren-ho tot".

Volia follar-la, però una vegada ella va començar a xuclar-li la polla, va saber que no duraria. La seva petita gola va formar un buit al voltant de la seva vara i, de sobte, ho estava prement i xuclant alhora. Ell es va reclinar a la cadira, mantenint la seva mà a la part posterior del seu cap mentre els seus malucs empenyien cap amunt, forçant el seu penis més avall a la gola.

"Oh, sí. Oh, carall, nena, em correré!"

El seu raig de semen va estar acompanyat pel seu crit escanyat i el seu cos es va sacsejar amb cada alliberament, les seves cames rígides i rectes. Ella era tan bona Ella va munyir fins a l'última gota d'ell, deixant-ho feble i satisfet, amb un somriure a la cara. El cop a la porta de la sagristia va esborrar aquell somriure i es va posar dret d'un salt.

"Reverend Perkins?"

"Ja vaig."

Burton es va asseure en un dels bancs i va mirar Acosta. "Quins diables està fent allà dins?"

"No ho sé. Donant una benedicció privada?"

La detectiu va riure ombrívolament, passant la seva mirada al voltant de la petita església. No havia estat en una església des que l'Angie va morir. Ella va pensar que no hi havia Déu si permetia a una nena morir així. La porta de la sagristia es va obrir i el reverend Henry Perkins es va avançar, amb el seu uniforme immaculat. Va estendre una mà a Acosta i després es va girar cap a ella quan es va aixecar.

"Lamento haver-lo fet esperar. Estava treballant a l'ordinador".

"Un ordinador en una església. El món avança".

"Sempre, detectiu Burton. Les necessitats de l'ànima no estan limitades per la tecnologia". Perkins va riure com si estigués fent una broma privada. "Li puc ajudar en alguna cosa?"

"Volia fer-li unes preguntes. Li importa?"

"Per res."

"Bé." Burton va veure que el ministre se n'allunyava nerviosament, observant el seu company caminar al voltant de l'altar, examinant els articles sagrats de la seva fe amb l'ull tècnic d'un oficial de policia entrenat. "Em vaig adonar que estava a l'escena de Williams. Crec que va resar per ella".

"Eh, sí". Perkins li va respondre i després va tornar la seva atenció a Acosta. Per què està nerviós, reverend? "Li vaig donar els últims ritus".

"Com va saber que ella era catòlica?"

"No ho vaig fer. Dono els últims ritus a qualsevol que ho necessiti, independentment de la seva fe".

"O la manca d'ella?"

El reverend Perkins va negar amb el cap. "A tots se'ns atorga l'absolució si demanem perdó pels nostres pecats. Per què una prostituta hauria de ser diferent?"

"És molt amable de la seva part, reverend Perkins. És per això que va venir a l'escena de Friars?"

Ella va captar el més mínim indici de sorpresa a la cara abans que ell es recomposés. "L'escena de Friars?"

Burton va treure la foto de la carpeta que portava i la va mostrar a l'home, observant atentament la seva reacció. "Oh, sí. Estava en camí a una reunió de pregària i ho vaig veure per casualitat. També li vaig donar els últims ritus".

"Ja veig." Va reemplaçar la foto. "Havia vist alguna de les noies abans de la seva mort?"

"N-No".

Un tartamudeig. Per què estàs tan nerviós? "Està segur?"

"Sí, n'estic segur. Ho sabria". Perkins va tornar a mirar al seu voltant i es va adonar que Acosta havia desaparegut. "On és el Sr. Acosta?"

"Oh, probablement vagi per algun costat, molt probablement fora fumant".

"Si us plau Disculpi'm."

"Reverend Perkins, no he acabat..."

El bon reverend es va dirigir a la sagristia a tota velocitat amb el detectiu Burton just darrere seu. Acosta estava dins de la petita habitació, examinant els certificats emmarcats que esquitxaven els panells. Va aixecar la vista, confós, quan Perkins va entrar corrent.

"Sí, senyor?".

Els ulls de Perkins es van dirigir cap al gabinet a la cantonada, notant que les portes estaven ben tancades. "Uh, aquesta és la meva oficina privada, detectiu. Li agrairia que sortís".

Els ulls d'Acosta van connectar amb els de Burton i va arronsar les espatlles. "No hi ha cap problema."

Perkins va tancar la porta darrere seu i es va girar cap als dos detectius. "Escolteu, si no hi ha més preguntes, he de preparar-me per al servei de demà a la nit".

La detectiu Burton li va estrènyer la mà. "Gràcies, reverend Perkins. Ens posarem en contacte amb vostè si tenim més preguntes".

Els dos detectius van abandonar ràpidament l'església i es van dirigir al Chevrolet sense identificació estacionat a la vorera. "El nostre reverend Perkins és un home interessant".

"Què et fa dir això?"

"Té una amiga al gabinet. Una nina de goma molt realista".

"Una nina?"

"No qualsevol nina. Una nina sexual". Acosta va treure una bossa de plàstic de la butxaca. "Amb la boca plena de semen, podria afegir".

"El reverend estava follant amb una nina quan truquem".

"Sembla que sí". Acosta va somriure. "Què dius si fem una parada ràpida a l'oficina del forense?"

CAPÍTOL VII

La nit es va estendre suaument per la ciutat com una taca fosca de sutge, ennegrint l'horitzó i bloquejant les estrelles que ella sabia que eren allà. Abans de casar-se, Harry sempre havia comentat sobre els seus ulls, dient que hi podia veure el cel. Però aquesta nit havia arribat d'hora a casa i el va trobar buscant el cel al cos d'una rossa de pits operats. Després d'onze anys de matrimoni, mai no havia esperat això. Ella creia en el feliços per sempre, al príncep blau i la seva encantadora princesa i en un cop de la seva polla, el seu marit havia fet miques aquests somnis.

I així, Carla Parker es va trobar a la cantina local de la seva comunitat, envoltada d'admiradors que el van convidar beguda rere beguda, glop retraig, superant el seu límit. No va saber quan va creuar aquest límit; només sabia que havia deixat de preocupar-se pel seu marit infidel. Era com un objecte estrany allotjat a la sola de la seva sabata i ella la va treure sense esforç i la va llançar de banda.

"Disculpi." Va ser la seva veu la que va travessar la boirina alcohòlica: cortès i cavallerosa. "Puc convidar-te a un cafè?"

Una exclamació i un crit va sorgir per la seva entrada sobtada en escena. "Hey, Qui ets tu?" Nosaltres la vam veure primer. "Vés-te'n a la merda, maleït bastard anglès!"

Ella els va ignorar i es va girar cap a l'home, donant-li un somriure de borratxo. "Sí, si us plau." Ell va agafar la mà i la va ajudar a baixar del tamboret de la barra, agafant-la amb gràcia quan el seu taló es va enganxar a l'esglaó i la va llançar cap endavant. Els altres van riure de la seva borratxera, però ell no. La va posar dreta i la va ajudar a asseure's en una cadira, després li va servir cafè amb crema i sucre fins que va poder emportar-se la tassa als llavis.

"Millor?"

"Sí, molt millor. Gràcies." El cafè va netejar part de la borrositat i va somriure a l'atractiu estrany. "Gràcies per rescatar-me".

"No hi ha de que." El seu somriure era càlid i fàcil. "Escolta, el meu apartament no és lluny d'aquí. Per què no hi anem? Puc fer-te més cafè".

"Això sona bé. Deixa'm fer servir el bany primer".

Mentre ella no estava, ell va acabar el seu cafè i va esperar pacientment que ella sortís, notant que altres homes estaven observant atentament. Va sortir, assecant-se les mans en un tros de tovallola de paper i va ser assaltada per l'home que l'havia anomenat 'bastardo anglès'. No va saber què li va passar, però en qüestió de segons, era una ombra violenta del seu antic jo, llançant-se contra l'home i llençant-lo a terra. Els altres homes que havien estat xerrant amb ella es van unir a la topada i en poc temps, el canter estava cridant febrilment a la policia mentre cadires i ampolles volaven i es vessava sang.

Gairebé trenta-cinc minuts després, Burton va rebre la trucada de Stevens. "És una baralla en un bar anomenat Sin City".

"He sentit a parlar d'és local abans. Per què em crides per una baralla?"

"Voldràs parlar amb la víctima, Carla Parker. Diu que estava a punt d'anar-se'n amb un home quan va esclatar la baralla. Un anglès.

"Vaig en camí."

Quan va arribar, el canter li estava donant la bona nit a l'últim dels clients i no estava feliç de veure-la. La dona estava asseguda en una taula, en una cabina, amb una beguda a la mà tremolosa i els cabells en un núvol despentinat al voltant del seu cap.

Stevens l'esperava, observant la part davantera escotada de la seva brusa. "El seu nom és Carla Parker. Va trobar el seu marit al llit amb una altra dona i va decidir ofegar la seva ira. Sembla que es va ficar massa copes i va atreure l'atenció de diversos homes que la van veure com una 'oportunitat'".

"Cabrell ximple". Burton va murmurar. "Per què no el va fer fora de casa?"

"No ho sé". Es va aturar a un costat de la taula. "Sra. Parker, aquest és la detectiu Burton".

Parker va mirar cap amunt, amb els ulls enfonsats i vermells. Va començar a parlar, però el seu rostre es va enfonsar i va empassar una mica d'alcohol contra la promesa de noves llàgrimes. Stevens va retrocedir i Burton es va asseure, estirant el braç i picant de mans la dona.

"Parli'm d'ell, senyora Parker.

"Semblava ser agradable, un cavaller".

"Com vas saber que era un cavaller?"

"Tenia accent anglès".

Burton va mirar Stevens i va donar a la dona un somriure d'alè. "Aquests són pocs i distants entre si. Cavallers, vull dir". Parker va assentir, prenent un altre glop. "Què més li va fer pensar que era un cavaller?"

"Em va oferir cafè quan la resta d'aquests patans volien que en begués més. No volia aprofitar-se de mi com la resta".

"Això va ser amable de part seva. Molt amable d'un home estrany que va venir a rescatar-la, no creu?" Les paraules de la detectiu van fer que Parker se sentís incòmoda, però no va dir res. "Va dir que se n'anaria amb ell?"

"Sí, em va convidar al seu departament. Anàvem a fer un cafè allà".

"Ja veig." Burton va mirar la dona. "Em pot donar una descripció d'ell?"

"Alt, bru, barba, ulls marrons".

"Podria identificar-ho si ho torna a veure?"

"Sí." Parker va mirar al seu voltant els altres oficials, la seva curiositat es va despertar de sobte. "Per què està tan interessada en un home que va començar una baralla?"

"Perquè, senyora Parker, té sort d'estar viva. Creiem que el seu cavaller anglès va assassinar dues dones, que sapiguem, i vostè podria haver estat la número tres.

CAPÍTOL VIII

La fúria governava les venes. No podia pensar en el dolor que li travessava el crani i la ira que li bullia la sang. Ell la tenia. Ella estava menjant de les seves mans i aviat, hauria estat sagnant al tall del seu ganivet. Maleïda puta! S'assecà el front mentre caminava de tornada al capdavant del bar, incapaç d'evitar tornar a l'escena. I allà hi era ella, aquella detectiu idiota de la televisió, asseguda davant de la dona. Encara la podria tenir. Ara havia de trobar una manera de fer-ho...

El telèfon cel·lular de Burton va sonar i ella el va posar en funcionament, sortint de la cabina.

Burton.

"Hola, sóc Acosta".

"On has estat? He intentat trucar-te cinc vegades!"

"He estat aquí al laboratori. Em vas dir que esperés els resultats, recordes?"

"Sí, però no pots contestar el teu telèfon?"

"He estat rebent una explicació tècnica sobre l'ADN durant les darreres dues hores, Clarence. El meu cervell està sobrecarregat".

Burton va riure. "Llavors, quines notícies tens per a mi?"

"Hi ha coincidència".

"Estàs fent broma?"

"No. El semen del sacerdot és coincident. Estic en camí cap a la casa del jutge per obtenir l'aprovació de l'ordre d'arrest".

Burton va dir la informació mentre es girava per mirar Carla Parker. Alguna cosa no estava bé, però ella no sabia què era.

"Vols que em reuneixi amb tu a casa del jutge Anderson?"

"No, això no és necessari. Puc encarregar-me de tot això. Et trucaré quan tingui les coses al seu lloc i ens reunirem per arrestar-ho".

"Està bé. Bona feina, Acosta".

"Gràcies, Clarence. Fins després".

Va apagar el telèfon i va tornar a mirar la dona. Què era? Què era allò que l'estava molestant? Burton va arronsar les espatlles i es va dirigir cap a on estava parat Stevens.

"Tenim el tipus".

"Què, el noi d'aquesta nit?"

"No. L'assassí. T'ho explicaré més tard. Ara mateix, hem de portar la Sra. Parker a casa i sortir d'aquí".

"Okey."

Parker va aixecar la vista quan ella es va acostar.

"El van atrapar?"

"No, però atrapem l'assassí, així que ets lliure d'anar-te'n".

"No creus que ell és l'assassí?"

"No. Tenim proves irrefutables que proven que no ho és, així que estàs fora de perill".

Els ulls de la Carla es van omplir de llàgrimes. "Gràcies a Déu."

"El detectiu Stevens s'assegurarà que arribi a casa sana i salva".

"Això no és necessari. No aniré a casa. Només aniré a un hotel al final del carrer".

"Tot i així, el detectiu la pot portar a l'hotel".

Parker es va aixecar, va acabar la beguda i va recollir la bossa. "Gràcies de totes maneres, però caminaré. Necessito una mica d'aire fresc, si sap al que em refereixo".

"Sra. Parker, no he de dir-li que és perillós caminar sola a aquesta hora de la nit".

"Seré curosa." Va ensopegar cap a la porta, adreçant-se mentre agafava la maneta de la porta. "Gràcies per la seva ajuda."

Els detectius la van veure anar-se'n, tots dos sacsejant el cap davant la seva estupidesa. Stevens va picar de mans a Burton a l'esquena. —No és culpa teva, Clarence. És una dona adulta.

"No podríem arrestar-la per borratxera i alteració de l'ordre públic?"

"En realitat, no. Es descartaria per un tecnicisme o ens demanarien". Ell va somriure. O coneixent la nostra sort, totes dues coses.

Ella va riure, assentint. "Tens raó. Bé, posem-nos en marxa i t'explicaré sobre el sacerdot al camí".

* * *

La Carla taral·lejava mentre caminava pel carrer. Li encantava la ciutat de Nova York a aquella hora de la nit. El vapor que puja de les clavegueres, els reflexos dels rètols de neó als tolls platejats foscos, els sons dels conductors impacients i l'olor de fuga es combinaven per fer de la ciutat un lloc màgic per estar quan el sol es retira del cel. Estar èbria tampoc no li atenuava l'experiència. Ho augmentava tot i ella certament se sentia 'elevada'.

A la merda Harry! Va riure i va saltar alegrement, recordant l'atenció que havia rebut aquesta nit. Veus, Harry? No ets l'únic que pot aconseguir algú més! Quan es va acostar a la cantonada, el va veure parat allà, amb un somriure a la cara i ella va córrer, llançant-se als seus braços. "Per on vas desaparèixer?"

"Vaig sortir per la porta del darrere. No sóc gaire lluitador".

Ella va tocar l'embalum a la templa dreta i ell va fer una ganyota. "Oh ho sento."

"Encara vols aquest cafè?"

Ella va notar la brillantor als ulls i va somriure. "Vols dir, al teu apartament?"

"Sí."

"No. Però prendré un glop".

"Molt bé, anem."

Ella el va deixar obrir el camí, ensopegant i rient mentre els conduïa per carrers i carrerons. Finalment, es va aturar en un carreró fosc, empenyent-la contra la paret i besant-la al coll. "Espero que no t'importi un rapidet. Ets tan bella que no ho puc evitar".

"No." Va dir sense alè. "No m'importa". Els seus llavis aspres l'estaven tornant boja, pessigant la carn sensible del seu coll i fent-la tremolar. Quan les mans es van moure fins a la cintura, pujant la vora del seu vestit, ella no va protestar. El seu cos estava afamat, afamat per l'atenció d'un home que òbviament gaudia de la companyia. Vés-te'n a la merda, Harry. Els seus dits van arrencar les calces del seu cos i ella va obrir les cames amb anticipació. "Oh si." Ella va xiuxiuejar, el seu cony formiguejant. "Folla'm".

Les paraules van acabar amb un udol escanyat, el seu cos empalat a les tisores de modista extragrans que ell havia ficat a la seva vagina. La sang, espessa i càlida, va cobrir la mà i es va aturar per olorar-la abans d'empènyer la seva adolorida polla als torrents palpitants. Va intentar esgarrapar-lo, però ell fàcilment va sostenir els seus canells amb una mà mentre que amb l'altra va mantenir els seus malucs a prop. Aviat, la seva lluita es va tornar feble, els seus ulls voletejaven i ell va empènyer dins d'ella més violentament, la seva sang càlida i vellutada lubricant el seu canal.

Quan Carla Parker va exhalar el seu últim alè, ell va explotar dins seu, el seu penis es va espessir amb cada pols de semen que va esquitxar les entranyes i es va barrejar amb la rica sang. Això va ser el millor fins ara, va pensar, deixant que el seu penis llisqués fora d'ella i usant el seu vestit per netejar part de la sang. Ara, per deixar un missatge a aquesta detectiu: un missatge que li fes saber que no s'hi podia jugar.

Un missatge per fer-li saber que ella era la següent.

CAPÍTOL IX

El reverend Perkins va semblar força sorprès quan un petit exèrcit dels millors policies de Nova York va aparèixer a la porta de l'església. L'arrest es va dur a terme sense problemes i Burton, Acosta i Stevens es van quedar enrere amb els altres oficials, registrant les instal·lacions a la recerca de proves addicionals.

"Clarence!" La trucada d'Acosta la va fer sortir corrent i ella i Stevens van entrar a la sagristia i es van dirigir al petit apartament del ministre. El seu company estava dret a l'altra banda de l'habitació, assenyalant la part inferior del gabinet; el mateix gabinet que albergava el canell sexual de goma de Perkins. Un líquid fosc fluïa constantment des de sota la porta, fluïa en rierols a través del pis de ciment i xopa una catifa petita i atrotinada.

Stevens es va acostar a la porta, usant el seu mocador per agafar una de les manetes de la porta i lentament la va obrir. Dins, al costat del tors de goma, hi havia el tors d'una dona, una vista que va provocar un crit ofegat a tots els presents.

"Jesucrist! Aquesta és Carla Parker!"

Burton es va acostar més, amb els ulls clavats a la cara de la dona. La seva expressió era de desolació, de donar la seva vida i va estremir la detectiva fins al fons de l'ànima. La mirada als seus ulls... "Clarence. Clarence, estàs bé?"

"S-Sí". Va tornar a la seva manera professional, encara commocionada. "Estic bé."

Acosta es va col·locar darrere seu, la seva veu baixa i tímida. "Clarice, s'assembla a tu". Per primera vegada, el detectiu Burton va mirar el cos, realment el va mirar. Carla Parker era morena, però els cabells eren ros. Li havien posat una perruca al cap. "I mira, al pit". Clavada a través del teixit adipós del pit de Carla Parker hi havia una placa de policia. El seu número de placa, 5803, havia estat escrit en una tira de cinta antisèptica i adherida a ella. Stevens i Acosta la van mirar durant un llarg moment, sense voler comentar.

"Va ser ell."

"Què?" Acosta va cridar.

Era ell. El nostre anglès.

"Què estàs dient? Com podria ser ell quan tenim evidència sobre Perkins?"

"No sé com explicar-ho, Stevens. Simplement ho sé. Aquest és un missatge per a mi".

"Per què a tu?"

"Ha d'haver tornat al bar. M'ha d'haver vist amb ella i va decidir que jo l'estava mantenint allunyada d'ell". Burton no podia apartar els ulls dels ulls buits de Carla Parker. "M'està dient que ve per mi després".

"Però, què passa amb el reverend Perkins?"

"Ell és innocent".

Acosta es va col·locar davant seu. "Què estàs fent? Tenim aquest imbècil atrapat!"

"Ho tenim?"

Va mirar Stevens, que també l'estava mirant. "Què dimonis és això?"

"Aquesta és una pista falsa, escenificada per al nostre benefici i per implicar Perkins. Perkins no és l'assassí". Es va donar la volta per sortir de l'habitació, llançant paraules per sobre de l'espatlla, "Ell és fora esperant-me".

* * *

Va posar dues monedes de vint-i-cinc centaus a la màquina i va lliscar el diari sota el seu braç. El seu departament estava a poques quadres de distància i això era part necessària de la rutina diària, la seva manera de mantenir una connexió amb el món real. Va consultar el rellotge i va accelerar el pas. Gairebé les sis. Hora de les notícies. És hora d'esbrinar si aquest detectiu va rebre el missatge.

La transmissió de Breaking News va començar a les 5:59 i es va acomodar a la seva butaca reclinable, amb el diari a la falda i una cervesa a la mà. "Bona nit. Comencem amb notícies d'última hora de St. Peter's al Lower East Side. El reverend Henry Perkins ha estat arrestat per l'assassinat de Tamara Williams, Julieta Friars i l'última víctima, la recepcionista de 38 anys Carla Parker.

La Sra. Parker havia estat involucrada en una baralla anteriorment al Sin City Bar, però va aconseguir escapar sense lesions. Quan la policia se'n va anar, la Sra. Parker se'n va anar sola, malgrat que la policia li va oferir transport i va ser assaltada i assassinada a Canal Street".

Va escoltar atentament el locutor, sospesant cada paraula i buscant una ullada d'aquesta gossa, la Detectiu Burton. Es va preguntar si ella seria prou valenta com per enfrontar-s'hi. Per fi. Allò que havia esperat. La gossa policia de grans pits va aparèixer a la pantalla.

"Ens pot dir alguna cosa més sobre aquesta investigació?"

Els ulls de la dona van deixar la cara de la reportera i es van dirigir a la lent de la càmera. "La investigació no s'ha acabat. Hem arrestat una persona d'interès, però personalment no crec que aquesta persona sigui el perpetrador. Crec que encara hi és fora, esperant tornar a atacar".

Burton va mirar fixament a la càmera, ignorant els murmuris enutjats de Stevens, que estava just darrere d'ella. "Vaig rebre el teu missatge. T'estic esperant".

El reporter se'n va allunyar per acabar el segment de transmissió i Stevens la va agafar per les espatlles i la va fer girar. "Què dimonis estàs fent?"

"Intentant trobar l'assassí, John. És hora de jugar el seu joc".

CAPÍTOL X

Clarice Burton es va aturar davant del mirall i va mirar-ne el reflex acuradament. Durant anys va amagar la seva feminitat sota el seu uniforme, darrere d'una insígnia que l'equiparava amb tots aquells que la victimitzarien en nom d'aquesta feminitat. I això va estar bé. Es movia dins dels cercles del departament, aparentment aliena als xiuxiueigs que la seguien quan entrava a la sala de la brigada, però sempre dolorosament conscient que no importava quant ho intentés, sempre seria vista com una noia pèl-roja amb enormes pits.

El pas a detectiu havia estat una obsessió. Va treballar dur, llegint i estudiant quan els nois estaven de gresca o jugant al pòquer i el treball dur va valer la pena. Va arribar a deixar l'escòria de l'oficina, pujant a l'escòria dels detectius. La seva habilitat innata per olorar evidència va mantenir el seu cap i espatlles per sobre de la mitjana i molt aviat, va ser destacada per les seves extraordinàries habilitats. Ara podia agafar les regnes a la seva manera i havia tingut la sort de relacionar-se amb Acosta com la seva parella. Encara que era un de la majoria que odiava l'afluència de dones a les files dels detectius, mantenia la boca tancada i feia la feina.

Ella no es va reconèixer a si mateixa. Aquesta persona, dreta davant del mirall... aquesta havia estat la persona que havia estat fa tants anys. la mare d'Angie. Una dona que gaudia de ser dona. Una dona que gaudia sent tocada i besada. Una dona que va gaudir del cos d'un home al costat del seu, convertint-se en un sota el xiuxiueig dels llençols de cotó. El simple fet de veure el seu propi cos curvilini al vestit va fer que de sobte estranyés la intimitat del toc d'una altra persona i es va preguntar per què realment estava fent això. Volia atrapar l'assassí o experimentar el sexe?

El rellotge del passadís va donar la mitjanit i ella es va quedar paralitzada davant del tauler, amb el cor bategant-lo a les orelles. Els seus ulls van recórrer les cares, aturant-se per uns segons per rendir-los homenatge adequadament. Ella estava fent això per ells, per cadascuna d'aquelles ànimes pobres que havien perdut la vida per gent com l'anglès. En detenir-lo, els estaria atorgant una mica de pau i potser també ella mateixa. Era hora de marxar. Dóna'm força.

Va tancar la porta, comprovant que la seva placa i la seva arma estiguessin a la bossa i va lliscar a la interlocutòria sense identificació que havia portat a casa. Se li van posar els pèls de punta immediatament, però no va tenir temps de treure l'arma de la bossa. Amb calma, amb serenitat, va inserir la clau a l'encesa i va dir: "Hola, Jack".

"Hola, detectiu Burton". Es va asseure al seient del darrere, mantenint el canó de l'arma pressionat contra la part posterior del seu cap i assegurant-se de romandre a les ombres. "Et veus bella aquesta nit."

Els seus ulls es van connectar amb els d'ell al mirall retrovisor. "Em vaig vestir d'aquesta manera per a tu".

"De veritat?" La seva veu ronca va enviar calfreds a través d'ella. "Estàs dient que vols jugar amb mi?"

"Sí, Jack. Vull jugar amb tu".

Es va acostar tant que ella va poder sentir el seu càlid alè al coll. "Saps què significa?"

Clarice va sentir un tremolor a la profunditat del seu estómac i no va poder fer res per aturar-lo. Sabia exactament què volia dir i si no guanyava aquest joc, el resultat seria la seva mort. "Sí", va dir ella suaument. "Si el que significa."

"Pots arribar a ser la meva millor obra mestra fins ara, Clarice. Una dona tan valenta per enfrontar la mort".

"No em mataràs, Jack".

"No ho faré?"

"Prefereixes cardar-me".

La seva mà de sobte es va tancar sobre la gola, expulsant l'aire dels pulmons. "Puc fer totes dues coses, detectiu. No em provoquis. Si ho fas, és possible que no trobis l'experiència tan emocionant".

Volia respondre, però no tenia alè per fer-ho. En canvi, ella va assentir i la seva mà se'n va anar tan ràpid com va aparèixer i ella va panteixar. "Ho sento, Jack. No em vaig voler fer enutjar. Només t'estava fent saber que m'estava oferint total i completament per al teu plaer".

"No t'has d'oferir. Prendré el que vulgui".

La seva ment va intentar treballar ràpidament. Ara estava enutjat, cosa que ella no havia volgut. "Ho sento, Jack".

Es va recostar. "Així és com m'agrada una dona. Sumisa. Coneix el seu lloc, detectiu Burton?"

"Sí." Ella va respondre sense dubtar-ho. "El meu lloc és sota teu".

Ell va somriure a la foscor, el seu penis endurint-se davant la seva resposta. Aquesta segurament seria la millor nit de la seva vida. "Tens molta raó, detectiu. Ara encén la interlocutòria i et diré on anar".

Amb mans tremoloses, la detectiu Clarice Burton va arrencar la interlocutòria, la va posar en marxa i es va dirigir a la foscor, sense saber si tornaria a casa amb vida.

CAPÍTOL XI

No va saber com ho va fer, però d'alguna manera va aconseguir conduir el cotxe, seguint les instruccions que ell li va donar. Unes quantes vegades, quan passaven els cotxes de policia, pensava fer-los senyals i es preguntava què estarien pensant Acosta i Stevens, si haurien tornat a casa seva a buscar-la quan no apareixia. Amb sort, l'estaven buscant en aquest moment, però no tenia esperances que la trobessin. Les instruccions que Jack li havia donat els van portar fora de la ciutat, fora del rang d'abast que els detectius estarien buscant i, d'alguna manera, sabia que ell estava al corrent d'això. Finalment, la va dirigir cap a un camí d'entrada i li va ordenar que estacionés la interlocutòria.

"Ja som aquí, preciosa." La seva veu greu va respirar a la seva oïda mentre apagava el motor. "Per què no entrem on fa més calor?"

"Okey." Va aconseguir la maneta de la porta, però la mà d'ell a l'espatlla la va aturar.

"Espera. Venda als ulls primer. Tanca els ulls".

Ella va fer el que li va demanar, tremolant més quan va sentir que s'obria la porta del darrere de l'automòbil. El canvi al cotxe la va alertar del fet que ell havia deixat el seient del darrere i l'aire fred la va travessar quan ell va obrir la porta. Li va col·locar un tros de tela suau amb protectors oculars a la cara i, quan va obrir els ulls, no va poder veure res. La seva mà va cobrir la d'ella i ella es va estremir en sentir la pell aspra.

"Llista, detectiu?"

Burton no confiava en la seva veu, estava tan espantada que només va assentir i va renunciar completament al seu control. Estava entumida; no podia sentir res excepte on la mà tocava la d'ella i cada pas enviava sacsejades a través del seu cos, sacsejant-la constantment cap a la realitat. Va sentir una elevació al camí, després passos, després un llarg passadís després de passar per la porta principal. El seu moviment cap endavant es va fer més lent i ella va sentir que la maniobraven al voltant d'alguna cosa i després l'empenyien suaument cap enrere. Quan va rebotar, va saber que estava asseguda en un llit i el cor li va fer un tomb.

"Benvinguda a casa meva, detectiu".

"Gràcies. Puc treure'm la bena dels ulls?"

"No. Vull que te la deixis posada fins que jo decideixi com acabarà aquesta nit".

"És just, suposo."

Burton va intentar respirar profundament, amb l'esperança que ajudaria a mantenir a ratlla la por, però sabia que ell podia dir que estava petrificada. "Ets diferent del que pensava". Va començar, les mans acariciant les espatlles. "Esperava una dona dura, però tu ets qualsevol cosa menys dura".

"Per què vas pensar que seria dura?" Odiava el tremolor a la veu, però la calor de les mans a través de la fina tela del vestit l'estava afectant.

I ell ho sabia. "Hauries de ser dura per ser una detectiu d'homicidis". Les seves mans es van moure pels braços, posant la pell de gallina al seu pas. "Quan va ser l'últim cop que un home et va tocar així?" Quan ella no va oferir resposta, ell va continuar, inclinant-se al costat de la seva oïda. "Quan va ser l'últim cop que un home et va dir que eres espectacular?" Els seus dits es van moure cap avall, fregant els mugrons que la van fer panteixar. "Quan va ser l'últim cop que un home et va donar una bona i dura agafada?"

Clarice no podia parlar. Quan va ser la darrera vegada que va tenir una bona i dura agafada? Oblida'l, quan va ser la darrera vegada que la van besar? El fet que no pogués respondre era un senyal revelador. "Molt de temps." Ella va respondre suaument.

"Una dona bella com tu?" Es va acostar més. "Estic segur que hi ha centenars d'homes que t'estimen, així que per què estàs sola?"

"Sóc policia. No tinc temps..."

"Per a les relacions?" Ell va riure. "Vaig sentir això abans. Les dones belles mai no van tenir temps per a mi, especialment aquestes putes". Les seves mans van acariciar els pits, buidant-los i envoltant els mugrons a través de la tela. "Treu-te el vestit".

Va començar a dir alguna cosa, però va canviar d'opinió. Lentament, es va posar dret, descordant la part del vestit sense cordar i deixant-lo caure dels seus pits. Estava a punt d'empènyer la resta del vestit cap avall quan els seus llavis van atacar els mugrons, llepant-los i xuclant-los fins que es van elevar fins a convertir-se en punts dolorosos. Clarice es va quedar sense alè, estimant cada llepa i xuclada que ell li estava donant. Se sentia tan bé ser violada que es va oblidar del perill i només va pensar a les mans calentes sobre el seu cos.

"Vull cardar-te, detectiu. Estàs a punt per jugar al meu joc?"

Amb el cos tremolant per la seva atenció, va empènyer el seu vestit cap avall, traient les espatlles. "Sí, Jack. Juguem.

CAPÍTOL XII

Burton encara estava espantada. Estava dempeus, nua i amb els ulls embenats, esperant el seu ordre com només podria fer-ho una esclava ansiosa. Tots els nervis estaven de punta. Cada pèl estava dret. Cada fibra estava tremolant, cada part esperant la seva paraula.

"Joc rudo, detectiu. Pots manejar això?"

"Puc manejar molt més del que creus, Jack".

"De veritat?" Un lleuger to d'incredulitat juganera va pintar les seves paraules i ella va estrènyer les dents contra la tremolor de por que la va recórrer. Va respirar deliberadament contra el seu coll, la calor fent-la tremolar. "Puc pensar en moltes coses per fer al teu bell cos".

"Aposto que pots." Va dir suaument. "Però per què no em deixes atendre't?"

"Per què? Aquesta és la feina d'una puta". El seu to va passar de juganer a enutjat en segons, cosa que la va espantar. "Hauria de tractar-te com aquestes putes?"

"No." Burton va dir ràpidament. "Ho sento, Jack". Va caure de genolls, baixant la barbeta fins al pit. "Si us plau accepta la meva disculpa."

"Accepto la teva disculpa." Va sentir la bota a l'esquena, empenyent-la cap endavant sobre el pit. "Però si torna a succeir, et mataré. Entens?"

"Sí, Jack".

"Bé. Odio les dones que pensen que poden pensar més que jo. No es pot fer".

"Sí, Jack".

"Llami la meva bota". Clarice es va inclinar, sabent que el seu peu estava sota la seva cara i va treure la llengua, assaborint una combinació de terra i sal del camí. El sabor era horrible però va intentar no mostrar-ho perquè estava segura que ell estava mirant. "Bé. Ara aixeca't".

Es va posar dret lentament, el seu cos encara tremolava. Fins i tot quan les seves mans van envoltar el seu cos, apuntant als seus pesats pits, ella va saber que la dolçor del toc era una mentida. La plaent carícia es va convertir en una lletania de dolor, marcada pels seus crits. Els seus dits van pessigar la tendra carn del seu pit amb tanta força que va saber que tindria blaus gairebé immediatament. Va lluitar contra l'impuls de lluitar contra ell; ella sabia que això era el que volia. Aleshores la tortura empitjoraria. Els seus dits van trobar nous objectius i Burton gairebé es desmaia pel dolor de tenir els mugrons torts.

De cop i volta, es va aturar, deixant que el seu càlid alè caigués en cascada sobre el seu coll. "Ets força dura, detectiu". Ella no va parlar perquè estava tractant amb totes les seves forces de no plorar, però sabia que ell ho sabia de totes maneres. La va agafar de la mà i la va conduir per un llarg passadís, després la va ajudar a baixar uns esglaons. "Vegem com t'agrada això".

En el moment en què va sentir la banda de cuir relliscós al canell, va saber que estava en problemes. Va intentar lluitar, però ell era molt més fort, obligant-la a entrar en el marc, subjectant primer una nina, després l'altra. Va intentar expulsar-lo, però ell li va agafar la cama i fàcilment la va subjectar amb una abraçadora de cuir, encaixant l'altre turmell en una també. Ara estava completament a la seva mercè.

"Eres una noia tan bona, detectiu. És una pena que hagis de ser castigada".

"No!" Burton va recargolar els braços, tractant de trobar alguna agafada al cuir i no va trobar cap. El marc es va moure i va girar, voltejant-la de manera que va quedar penjant cap endavant i un descarat espetec darrere seu va alimentar els seus pitjors temors.

"Sí!"

El fuet va atrapar el centre de la seva esquena i va panteixar davant el dolor tallant que va recórrer el seu cos. El fuet va caure una vegada i una altra, fent-la cridar cada vegada, però va sortir com un gemec. Deu fuetades després, era una massa de carn sanglotant, sacsejant les mans i encara tractant de deixar-se anar.

"Deixa'm anar, tros de merda!"

"Oh, què passa, detectiu? Volies jugar i ara no t'agraden les regles?" El marc es va inclinar una vegada més, baixant uns centímetres i va saber el que seguia. "Bé, per què no comencem la festa?" Ella va sentir els dits al cony sec. "Prepareu-vos, detectiu. Estic a punt d'obrir-lo".

Burton va sentir la seva envestida i va sentir el seu crit sense paraules. Les seves mans van abandonar el seu cos i va sortir del seu cony, emportant-se la gàbia amb ell. Encara amb els ulls embenats, només podia imaginar com seria l'escena: sang corrent vermella per les cames mentre brollava de dos forats al cap del penis, dos forats que havien estat perforats a la seva carn per dos pals de plata units a una gàbia de plata. que cabia al seu cony. Les pues a la base assegurarien que sagnaria profusament si intentés treure'l.

"Perra!" Ell va cridar des d'algun lloc darrere seu. "Quina merda em vas fer?" Ella va estirar els braços i les cames i encara no va trobar alleujament. "Perra! Tu..." El sobtat silenci només va ser trencat per un gemec i va sentir que la gàbia colpejava el terra, seguida ràpidament pel so del seu cos xocant contra ella.

La detectiu Clarice Burton penjava del marc, encara sanglotant, no de por sinó d'alleujament. S'ha acabat. Ara, només havia d'esperar que la balisa de senyalització portés ajuda. Acosta i Stevens aviat entrarien aquí. Només hauria de patir les bromes de l'oficina que la trobessin nua. Tot havia acabat ara.

CAPÍTOL XII

"Clarice! Clarice!"

Va escoltar la veu de Stevens però estava massa entumida per moure's. Els seus braços se sentien com de plom i estava marejada per la sang acumulada al cap. Els lligams de cuir van caure, una per una, i la van ajudar a posar-se drets, només per descobrir que no podia mantenir-se drets. Forts braços la van portar a un lloc on la van ficar al llit i la van cobrir amb alguna cosa. Uns minuts més tard, li van treure la bena dels ulls i les ventoses van sortir plenes d'una barreja de suor i llàgrimes.

Va parpellejar contra la forta llum, reaccionant com algú que havia mirat fixament a un flaix i va quedar momentàniament encegada. Algú va passar un drap fred pels seus ulls, netejant els detritos i ella va aixecar una mà per fregar-los, encara parpellejant furiosament. Uns minuts més i la seva vista s'havia aclarit prou perquè el rostre de John s'enfoqués, la seva expressió no tenia preu.

"John, és por el que veig?"

"Estàs bé?"

"Sí, estic bé. On és Acosta?"

Stevens va empassar, els seus ulls es van moure cap a un punt a terra. "Ell està per allà."

Les paraules no van assimilar fins que va veure el cos, aleshores la incredulitat va ennuvolar la seva ment. El seu company, el seu col·lega més proper, jeia a terra, un toll de sang s'estenia com una manta sota seu. La gàbia jeia a centímetres de la mà, amb les seves pues plenes de carn gelatinosa. "Tony?"

El detectiu Stevens va posar les mans sobre les espatlles de Burton, la veu baixa mentre més oficials entraven a l'habitació. "Era Acosta, Clarence. Era Jack".

"Ell no va poder haver estat. Com..."

"Avui d'hora vaig rebre una trucada del Dr. Jonathan Herbert. Va dir que havia estat tractant Acosta durant els últims deu anys i que Jack era una de les seves personalitats manifestes".

"Per què no es va posar en contacte amb nosaltres abans d'ara?"

"Aparentment, era a Baltimore en una convenció. No va tornar fins aquest matí i es va posar al dia amb la seva lectura. Va ser llavors quan va descobrir que era Acosta".

Un tremolor va començar en el profund de Burton que no va poder aturar i es va esfondrar en llàgrimes als braços de Stevens. Ella havia estat a prop de la mort. Això no era el que l'espantava més. Va ser que tot aquest temps, Acosta havia estat tan a prop seu.

"Treu-me d'aquí, John. Si us plau. Porta'm a casa".

* * *

Els dies següents van estar plens de més activitat de la que Burton podia manejar. Tots els mitjans de comunicació volien parlar amb la dura detectiu que havia atrapat l'assassí anomenat 'Jack l'Esbudellador', però ella no volia tenir res a veure amb això. Es va retirar a casa seva, va passar temps davant de la paret de quadres de suro i va plorar desconsoladament. Gairebé els havia fallat. Havia estat tan immersa en la seva feina, a la recerca d'aquest assassí, que es va oblidar de viure. Era això el que Angie hagués volgut per a la seva mare, aïllar-se de la civilització?

Quatre dies després de l'assassinat, se'l va ordenar anar a l'oficina del comissionat per donar un informe complet i va sortir de l'experiència sentint-se esgotada. El cap de policia li va aconsellar que es prengués uns dies de vacances per ordenar els seus pensaments i ella va accedir-hi, encara massa emocionalment tocada per la sessió informativa per protestar. En passar per l'oficina de detectius, es va aturar per mirar endins i va veure allò que tant anhelava ser part. Stevens, Andreotti i un parell de nois més estaven reunits al voltant d'un escriptori, fent broma i rient junts.

Ella no es va poder aturar. Va empènyer la porta per obrir-la, entrant a l'espai obert i tots els ulls es van girar cap a ella. Burton va empassar saliva, dient-se a si mateixa que revisaria el seu telèfon a la recerca de missatges i se n'aniria en silenci. Tots la van observar mentre passava, coixejant lleument per les ferides del fuet en curació, observant en silenci la seva força silenciosa. El primer aplaudiment la va congelar en sec i es va tornar per veure Stevens drets i aplaudint per ella. Andreotti i els altres es van unir i en uns moments, tots els detectius estaven drets i aplaudint el coratge de la detectiu Clarice Burton.

Es va dirigir al seu escriptori i va revisar els seus missatges, netejant-se les llàgrimes amb fúria mentre gargotejava la informació. Quan va penjar el telèfon, va notar un petit paquet a la cantonada i el va desenvolupar lentament. Dins hi havia la gàbia vaginal platejada, les seves puntes intactes, excepte que estaven perforant un model de joguina de Jack l'Esbudellador. Una petita nota adjunta a la part inferior deia: Benvinguda a la jungla. Per alguna raó estranya, les paraules li van omplir els ulls de llàgrimes i va entendre el que deien els seus col·legues. Ella sempre va ser una d'ells i era especial per a l'equip d'una manera com ells no ho eren. La seva masculinitat no els permetia admetre el seu amor, però li feien saber que l'estimaven.

La detectiu Burton es va sonar el nas, es va redreçar del seu escriptori i va sortir, alleujada en notar que la sala de detectius havia tornat a la normalitat, les persones responien trucades, completaven la paperassa i parlaven de casos. Es va aturar al costat de l'escriptori on eren els nois. "Em deuen el dinar".

"Què?" Andreotti va dir, mirant els seus companys detectius.

"Conec la rutina. Resol un cas, el grup et convida a esmorzar, oi?" Stevens va riure. "Sí que és cert."

"Bé. Cadascú de vosaltres em deu el dinar".

Burton va sortir de l'habitació amb un somriure a la cara i un foc al cor. Viuré, Angie. vaig a viure

FINAL

9 798822 375332